보랏빛 라벤더
모자를 쓰다

보랏빛 라벤더 모자를 쓰다

발행일 2024년 2월 28일

지은이 원은미
펴낸이 손형국
펴낸곳 (주)북랩
편집인 선일영
편집 김은수, 배진용, 김부경, 김다빈
디자인 이현수, 김민하, 임진형, 안유경, 최성경
제작 박기성, 구성우, 이창영, 배상진
마케팅 김회란, 박진관
출판등록 2004. 12. 1(제2012-000051호)
주소 서울특별시 금천구 가산디지털 1로 168, 우림라이온스밸리 B동 B113~115호, C동 B101호
홈페이지 www.book.co.kr
전화번호 (02)2026-5777
팩스 (02)3159-9637

ISBN 979-11-7224-005-9 03810 (종이책)
979-11-7224-006-6 05810 (전자책)

보랏빛 라벤더 모자를 쓰다

원은미 시집

북랩

서시

나는,
마지막 길을 가는 것이 아니라
새로운 길을 가는 것이다

이제 그대들 앞에서 바라는 것은
단 하나라도 세상에 쓸모 있었기를
단 한 사람에게라도 좋은 기억으로 남았기를
단 한 곳에라도 나의 선한 영향력이 미쳤기를
이런 삶이었기를 소망하는 내가 욕심이 아니길
그대들 앞에서 조심스럽게 말하고 싶다

허물 많은 나는,
본의 아니게 그대들을 속인 것이 있다
내가 아주 많이 웃었을 때는 그 웃음만큼
울고 있었던 때였음을 이제야 고백한다
때로는 나의 약점을 감추려
과장되게 포장하고 치장했던 것 또한
부질없었음을 깨닫는 데
많은 시간이 걸렸음을 털어놓는다

부족하고 아쉬움이 많은 책이지만
그대들과 함께했던 추억을 글로 남기는 것이니
나의 보람이고 나의 의미라 여겨주기 바란다

2024년 봄에

차례

제2부

보랏빛 라벤더 모자를 쓰다

제3부 시인의 연장통

제4부 생명의 불꽃

제5부 그리스도인의 멋

제1부

늙어야 산다, 노각

MSG

주눅이 든다
아무 잘못 없이 받는 질타
누구를 해치기라도 한 것처럼

체면 세워줬더니 얼굴 돌린다
아쉬울 때면 누가 볼세라
슬며시 나를 사용하고
시치미 뗀다

없는 솜씨
살려준 것뿐인데
큰일이라도 난 듯
호들갑이다

조연으로 환갑이 되기까지
인정받지 못한 세월
서러운 눈총의 세월
공공의 적이 되어 버린 나
모두의 외면 속에
꿋꿋이 선다

공간 디자이너

구덩이 대충 파고
무심하게 씨앗 몇 개 떨궈
자투리 텃밭에 생명을 심는다

바람이 놀아주고
태양이 품어주고
비가 목마름 해소시켜
수줍게 꽃이 피고 열매 맺는다

허리 휘어지는 고추와 가지
펑퍼짐한 상추와 늘씬한 대파
지지대 타고 올라가는 오이와 호박
사이좋게 한 방 쓴다

오밀조밀 세밀하고 빈틈없는
하늘 아래 견줄 데 없는 공간 디자이너
심혈을 기울인 신비로운 솜씨다

김장

비바람 맞으며 뙤약볕 뚫고
아담하게 잘 자란 배추
그 푸르고 빳빳한 기상
꺾이는 날

소금물에 제 몸 죽여
다시 태어나는 삶의 끝자락
파와 마늘 생강 고춧가루 범벅 되어
갓 향기 미나리 향기 젓국에 녹아
갈피갈피 곱게 단장하고

항아리 속 깊은 데서 단잠 자고 일어나
한겨울이 지나도록 밥상의 주인 되어
마음을 덥혀준다

늙어야 산다, 노각

온몸이 까칠한 것이 삼베를 입은 듯하다
각질을 벗기고 나면
뽀얀 속살에 머금고 있는 물기
긴 가뭄에 생명수 같다

오독오독 씹히는 아삭함
무더위를 식히는 상큼함
머릿속까지 파고드는
여름 냄새다

볼품없는 생김새
우습게 봤던 청량감
한여름 동굴에서 느껴지는
시원함이다

무럭무럭 늙어

세월 속에 무르익은 맛

풍파에 굴하지 않고

속살을 지켜낸 덕이다

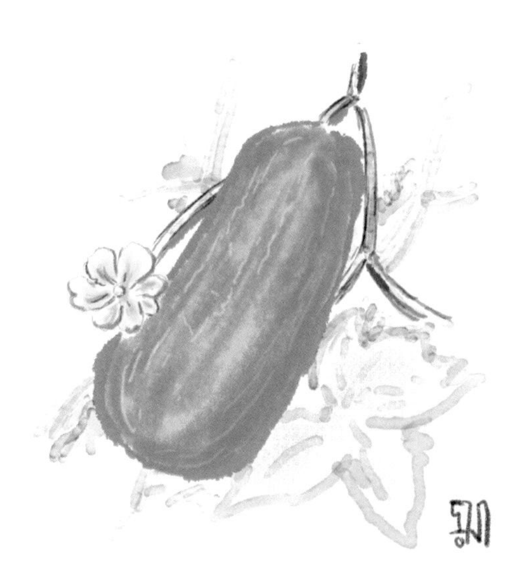

두부

각진 얼굴
뼈대 없이 태어나
흐물거리는 인생 되지 않으려
아무리 각 잡고 폼 재도
고사리 손에서도 부서진다

모가 난 몸이지만
모진 마음 없는 어리숙함

작은 가시 하나 키우지 못해
누군가를 찌를 일 없는
물러터진 희멀건 두부
취급주의 팻말 붙인다

배식구配食口와 퇴식구退食口

퇴식구가 어느 날
곁눈질하여 배식구를 보게 되었다

정갈하게 잘 차려진 밥상
조심스럽게 들고 나가는 사람들
환희에 찬 모습이다

퇴식구 앞에는
아무렇게나 툭 던지듯 놓고 가는
조금 전 배식구에서 나간 그 밥상
태풍이 지나간 자리다

퇴식구 이름표 달고 살아온 세월
슬그머니 꼬이는 마음
'잘 먹었습니다'
한마디에 스르르 풀린다

설거지 전법

설거지와 전투를 벌인 숱한 세월
전의가 바닥났다
떨어진 사기 잦은 패배
탈영을 꿈꾼다

끊임없이 침투하는 적들
매몰차게 물리치지 않으면
대군이 몰려온다

뼈다귀 실은 함대
싱크대 점령하는 날
백기를 들고 싶다

무력해진 전력
휴전을 선포하며
달달한 커피 한잔으로
전력을 정비한다

휴전 상태에도 험상궂은 적들
하얀 포말로 온몸 덮어씌우고
물줄기로 폭격해 승리한다

생강

마디마디가 꺾이는
고통과 싸운 흔적이다
시련을 견딘 자국이다

뒤틀린 몸이 되기까지
몸부림쳐야 만들어지는
진저롤과 쇼가올

매운맛 보며
녹록하지 않은 탄생이다

그러나
따뜻함을 안고 세상에 나온
포기하지 않은 생生이다

애호박의 꿈

매끈한 몸매
연둣빛 도자기 피부
바람 한 점 느껴 볼 수 없는
꽃향기 한번 맡아 볼 수 없는
온몸 조여드는 투명 코르셋
숨이 턱에 받친다

눈 코 입 없이
옷만 갈아입는 마네킹처럼
허울 좋은 겉모습이
꿈을 잃어가게 한다

감추어진 아름다운 샘
솟아나는 떨림과 열정
타오르는 호기심
길을 만들어 자취를 남긴다

침투하는 퓨전

태어나자마자 장(長)급이다
고추장 된장 간장
조상님들 장독대에 모셔놓고
아침저녁 문안인사 한다

수상쩍은 세상
음식을 책임지는 장(長)들이 위협받는다
바다 건너와 알 수 없는 맛을 내는 것들
젊은이들 앞세워 주방을 침투한다

굴소스, 머스타드, 발사믹, 살사, 칠리소스,
갈릭 페퍼, 우스터드소스…
주방 차지하고
요리 좀 한다고 폼 잰다

파 마늘 깨소금 참기름 고춧가루면

임금님 수라상도 차렸는데

손맛이라고는 찾아볼 수 없는 퓨전

소스들 주인 행세에 장(醬)들 밀려난다

혼밥

어정쩡한 발걸음
침묵의 시간 속으로 들어간다
무표정으로 벽과 마주 앉는다

주위의 시선에 무뎌져야 하는 시간
벽에 걸린 메뉴판에 눈길 한번 주고
익숙한 이름 부른다
어색함을 감추려
핸드폰 세상을 뒤적인다

뽀얀 알갱이들이 뿜어내는 유혹
스멀대는 코와 눈 숨기며
숟가락질이 조심스러운
고개 숙인 생명의 연약함
때의 시간에 책임을 다하는 것이다

등 뒤에서 벌어지는
삶의 애환들
간간이 들려오는 웃음소리
무관심으로 덮은 외로움이다

'밥은 하늘입니다'
하늘이 바닥을 드러낼 즈음
포만감으로 위로를 받으며
어깨를 편다

제2부

보랏빛 라벤더 모자를 쓰다

그리운 날

당신을 만나기 위해 공원으로 갔습니다
벤치에 앉아
당신을 처음 만났던 때를 생각해 봅니다

당신은
솔바람으로 구름으로
꽃과 나비로 나를 만나주었지요

당신이 그리운 날
당신을 만나지 못할까 봐
가슴앓이로 보낸 날들
수북이 쌓였어요

당신은 여전한 모습으로 이곳에 있는데
내 마음이
갈피를 잡지 못했나 봅니다

등 뒤에서 따사로운 햇살로 감싸는 당신은
시인이 되고 싶은 나에게 선물입니다

그리움
- 이중섭 이야기

사무치는 그리움
바람에 딸려 보낸다

무사히 바다 건너
눈물 같은 아내
가슴 벅찬 아이들
품어주기를
달래주기를

그 바람,
다시 내게로 오는 날
겹겹이 쌓인 애달픔
안도의 한숨 되기를…

꽃 난리

겨우내 웅크리고 있던 꽃씨
봄기운 받아 꽃망울 터뜨린다

연분홍 진분홍 하양 노랑
앞다투어 피고 또 피고
저마다 자기 세상이라
꽃바람 난다

꽃 난리에
몸살로 앓아눕는 4월
가랑비 한 모금 마시고
햇살에 기대어 다시 일어난다

꽃길

꽃길만 걸으라니요

꽃을 피우기 위해
멀고 험한 길
견뎌야 하는 시련
외롭고 힘든 시간입니다

꽃을 피우라고
여리디여린 꽃망울 향해
다그치지 마세요

긴 기다림
태에서 나와 눈을 떠
꽃이 되기까지
아프지 않았을 꽃이
어디 있겠어요

꽃을 피운다는 것은
눈물겨운 일입니다

너와 나 사이

너와 나 사이에 알맞은 거리
바람 불고 햇빛이 내려와
목련꽃 눈부시게 피고
버들강아지 톡톡 눈 틔운다

잠이 덜 깬 나무
라일락 향기에 부스스 일어나
연둣빛 이파리 고개 내민다

너와 나
4월의 경계선에서
움직일 수 없는 사랑
마음속 꽃봉오리 피운다

다방 커피

쌉쌀한 맛은
이루지 못한 첫사랑에 대한 그리움

고소한 맛은
방금 웨딩마치 울리고 나온 신랑 신부

달콤한 맛은
등 기대고 앉은 연인의 체온

보랏빛 라벤더 모자를 쓰다

- 앙리 마티스의 모자를 쓴 여인

통념의 그늘에서 벗어나
색깔로 말하는 그녀
색깔의 불협화음
삐뚜름하지만 눈에 거슬리지 않게
멋을 부린 품격

희미하게 살았던 지난 세월
덤덤했던 예사로움 벗고
나 오늘,
회오리바람 같은 정열로
보랏빛 라벤더 모자를 쓴다

미소微小한 것들

민들레 꽃잔디 꽃마리
안개꽃 망초꽃 제비꽃
채송화 꽃다지 애기똥풀꽃
그리고 나

무리 지어 서로가 지지대 되어줄 때
거대한 꽃무리 이루는
저 미소한 꽃들

보잘것없는 짧은 생애
그래도
만드신 이에게 의미가 된
미소한 나

민들레

축제에 초대받지 못한
서글픈 불청객
아무도 거들떠보지 않는
틈서리에 다리를 뻗는다

달빛 받아 노랗게 물들이는
한가로움을 즐기는 간소한 마음
지나가는 사람들
너를 보려고 자세를 낮춘다

코스모스

하늘 향해
곧추세운 목
용서하소서
겨울이 문 앞에 오기 전
꽃잎,
고분고분 떨구겠습니다

수다, 꽃밭이 되다

사계절 꽃이 피는 수다 꽃밭
누군가 희로애락 꽃씨 하나 떨어뜨려 놓으면
힘겹게 땅을 뚫고 나와 꽃이 피기까지
바람이 되어주고
비가 되어주고
햇볕이 되어준다

지구를 한 바퀴 돌아오는 수다 꽃밭
시들지 않는다
마르지 않는다
얽히지 않는다

시시한 말에도 맞장구치는 수다 꽃밭
감탄으로 추임새 넣으면
한겨울에도 장미
한여름에도 동백
피우지 못할 꽃이 없다

수다쟁이

저리도 좋을까
바람이 들려주는
세상 이야기

바다 건너오다가
파도와 싸운 이야기
높은 산을 넘다가
새들을 만나 친구 된 이야기
먹구름 만나
길 잃을 뻔한 이야기
철 따라 터전을 옮겨야 하는
철새들 이야기

팔랑거리는 잎사귀들
홍을 돋우는 바람 따라
들썩이며 맞장구친다

궁금한 것 몹시 많아
속살거리는 잎사귀들
수다 삼매경에 빠진다

짝사랑

가을이 왔다는 소식에
햇살 뒤에 숨어
얼굴 빨개지는 단풍잎

아슴아슴 떠오르는 지난날
일렁이는 마음 들키지 않으려
허공을 맴돌았던 시선

아직도
남몰래 기다리는 날들
언젠가는 멈출 고요한 물결
고운 빛으로 온몸 붉게 물들인
별을 닮은 눈부신 자태

스쳐 지나갈지라도
쓸쓸한 마침표 되지 않기를

철없는 진달래꽃

얘야,
대체 어쩌려고
쓸쓸한 가을 막바지에
철없이 왔니?

때를 거스르고 와서 떨고 있구나
'세상의 모든 일은
다 정한 때와 기한이 있단다'

황량한 11월
모두 잠드는 때
홀로 웃고 있는 너
마음이 이리도 심란할 수가

너무 늦게도 말고
너무 일찍도 말고
너의 때에
진달래꽃 피워다오

하얀 꽃잎이 떨어질 때까지

하얀색 옷 나풀나풀 입고
사람들 시선 받으러 먼 길 왔는데
반기는 이들 하나 없네요

노란색으로 물들인 옷 입고
뽐내려 비바람 맞으며 왔는데
아무도 관심이 없어요

분홍색으로 다섯 폭 치마 만들어 입고
어두움을 견디며
숨 막히는 세월을 지나왔는데
늘 오던 세상이 아닌 것 같아요
어찌 된 일일까요

하얀 꽃이 말합니다
사람들 입에 붙은 저 하얀 꽃잎은 무얼까?
사람들이 무언가에 겁을 먹고 있는 것 같아요.
해마다 이맘때가 되면
우리를 기다리던 사람들이 슬픔에 차 있어요
어마어마한 일이 일어난 것이 분명해요

노란 꽃이 말합니다
지금까지 한번도 보지 못한 사람들의 모습이에요
집 안에서 나오려 하지 않네요
우리가 알록달록 옷 해 입는다고
자기들도 덩달아 옷 해 입고 거리를 누볐는데
가끔은 많은 사람들이
나를 보러 오는 탓에 지치기도 하고
내 옷을 더럽히기도 해 속상했거든요

분홍 꽃이 말합니다
사람들 어깨가 축 처진 것이 아무 감흥이 없어요
나를 볼 때마다 환호성을 지르던 사람들이 눈에 선해요
우리가 사람들에게 웃어주면 희망을 가질 거예요
지금은 앞이 어둡지만 곧 지나갈 거라고
우리도 꽃을 피우기까지 힘들었다고요

얘들아, 웃음을 잃은 사람들에게 힘껏 웃어주자
꽃봉오리들은 게으름 피우지 말고
사람들이 활짝 웃을 수 있도록 꽃을 피워 봐요
사람들 입에 붙은 하얀 꽃잎이 떨어질 때까지

햇살

창가에 찾아온 햇살
그냥 보내기 아까워
세월 속에 겹겹이 쌓인
눅눅한 마음 내보인다

찬란하게 비추고 지나간 자리
눌림에서 일어나
가슴으로 들어오는 햇살
아픔의 그늘 걷힌다

호박꽃

나도 꽃이다

고흐의 해바라기 색채에 버금가는
태양을 머금은 황금빛 꽃

벌들에게 일용할 양식이 되어주는
삼복더위 아랑곳하지 않는 꽃

관대함이 있어야 보이는 꽃
나는 꽃이다

제3부

시인의 연장통

겨울나무 1

가진 것 다 내려놓으니
하늘이 보인다
땅도 보인다

호화찬란하게 키웠던 몸집
세찬 고초에
비쩍 마른 가지
절망의 끝에 선다

볼품없는 모습
견디고 기다리면
봄바람이 어루만져
연둣빛 날개가 돋는다

겨울나무 2

여름날 무성했을 때
자랑으로 여겼던 시원한 그늘
온몸에 덮친 시련 속에
가릴 것 하나 없이 고개 숙인다

아무것도 남지 않은 지금
잊히지 않으려
스산한 그림자 길게 늘여
주변을 휘둘러본다

뒤숭숭한 생각에 잠기는 날
시인들이 찾아와
허전함을 달래주는 숱한 얘기들
앙상한 가지에 詩가 열린다

꽃샘추위

물러갔던 한겨울 추위
다시 돌아와 며칠 머문다

하늘하늘 살랑살랑
봄을 맞이하러 나온 옷들
화들짝 놀라 들어간다

할 일 다 마치고
잠자러 들어갔던 롱 패딩
얼굴 찌푸리며 나온다

무슨 미련이 남았는지
작별 인사 한번 심술궂다

가을

어서 오세요
무더운 여름을 지나오느라 애쓰셨어요
무사히 찾아오셔서 반갑고 기쁩니다

바쁜 걸음으로 숨차게 오셨군요
잠시 그늘 아래 벤치에 앉으시지요
물 한 모금 드시고 한숨 돌리세요

당신을 너무도 기다렸습니다
수십 년 만에 온 더위 견디며
모두들 많이 지쳐 있거든요

당신이 몰고 오는 건들바람
높고 파란 하늘과 고추잠자리
빨리 만나고 싶었습니다

그녀와의 이별

그해 여름
그녀를 떠나보냈습니다
나에 대해 모르는 것이 없는 그녀인데
머리끝부터 발끝까지 꽃단장하도록
준비하고 기다려주었던 그녀였는데

그녀는 나의 아름다움에 필요한 것들을
한 아름 안고 있다가 내어주었어요
피부가 윤기 나도록 돕는 기초가 되는 것들
희미한 눈 또렷해 보이도록 칠하는 보라색과 분홍색
들쑥날쑥 난 눈썹 가지런하게 만드는 펜슬
핏기 없는 입술에 생기 돋게 하는 빨간색 립스틱
사랑스러움을 더하는 볼터치
마지막으로 봄날에 꽃향기 머금는 향수

그런데 나는
어느 날 갑자기 이별을 알렸습니다
세상 온갖 것을 알려주는
신기한 것을 데려오기 위해서였지요
나는 온통 그것에 마음을 빼앗겼습니다

그녀는 내가 고민이 있을 때마다
아낌없이 자리를 내어주고 품어주었습니다
그녀 앞에 앉아 있는 것만으로도 위로가 되었거든요
시집올 때 같이 온 어여쁜 화장대 내보내고
컴퓨터가 그 자리 차지하던 날
나는 그녀의 슬픔을 미처 헤아리지 못했어요

그 옛날
유씨 부인은 조침문(弔針文)에서
'오호 통재라' '오호 애재라' 하며
부러진 바늘을 슬퍼하였는데
나는 미련 없이 뒤돌아섰습니다
미안한 마음 되돌릴 수 없지만
함께했던 무수한 세월
잊지 않고 고이 간직할게요

봄을 만났다

움켜쥐고 있었던 갖가지 욕망
버리지 못한 미련과 집착
뭉쳐 있던 힘이 빠지며 풀린다

숨죽여 살아온 무수한 세월
정교히 쌓였던 서글픔
틈이 생기며 허물어진다

가슴속 골짜기에
얼었던 물줄기 녹아
그 물줄기 지나는 곳마다
새싹이 돋고 꽃이 핀다

도시의 입

겨우 동이 트기 시작했다
도시의 입속으로 뛰어 들어가는 사람들
한 줄기 햇빛도 들어갈 수 없는 철옹성
풀 한 포기 자라지 않는 삭막함
사방팔방 벽으로 막힌 요새
내려놓을 수 없는 등짐 지고
지하철에 몸을 맡긴다

어둑어둑한 밤이 되면
도시의 입속에서 나오는 사람들
산 넘고 물 건너온 발걸음이다

뒤쫓아 오는 그림자 곁눈질하며
숨막히게 뛰었겠지
마음에 입은 찰과상 감추고 버텼겠지
밀려나지 않으려 고군분투했겠지
절박함으로 새끼줄 잡는다
오늘도
또 내일도

매미의 울음

울게 놔두세요
그 속사정 어떻게 알겠어요
어설프게 이 말 저 말 하지 마세요
다 아는 것처럼 말하지도 마세요

울고 싶은 일
천 개의 모양과 색깔
어딘가에 숨어 있어요

나무를 부둥켜안고
폭포처럼 쏟아내는
기막힌 사연
누가 알까요

가혹한 삶의 늪
울기 위해 벗어던진 선의(蟬衣)
비애의 멍울
아무도 어림할 수 없어요

그러니
마음 놓고 울도록 놔두세요
그리고 기다려주세요

별이 빛나는 밤
- 빈센트 반 고흐

가슴속 밤하늘
소용돌이치는 푸른빛 성난 바다
혼란스러운 마음
달무리와 별들의 위로

고통의 꼬리
단절의 분노
고독의 밤
정신병원에서 싸우는 고립감

붓으로 가슴의 불을 태워야 하는 숨 막힘
강렬한 붓 터치로 마지막 힘을 쏟는 격정
어둠 속에서 꿈틀대는 욕망

현실에서 좌절된 꿈
별이 되어
하늘에서 더욱 빛나기를

무르익는 가을

와, 보라
황금빛 발산하는 들녘에
황금에 눈 어두운 사람

땀방울이 영글어 출렁이고
태양과 바람의 순리 따라
긴 기다림 속에 무르익는
고개 숙인 알곡의 겸허함

구릿빛 얼굴
노고의 물결 따라
지평선에 머무는 시선
무엇이 더 필요한가

부사副詞의 말

기대야 산다
허접한 막대기라도

홀로 서지 못하는 나
기댈 곳 찾아 떠돈다

내가 무성하면
사족이라 핀잔 듣고
군더더기라 쫓겨나고
한 자리 차지할 힘이 없다

내 존재가
부풀리는 누룩이 될까
생명력 가리는 풀숲이 될까
조심스러운 발걸음이다

시인의 연장통

연장통을 들여다본다
매우 너무 자주 반드시 아주 항상 더 대단히
그러나 그리고 그러므로 그런데 그렇지만
'지옥으로 가는 길이다'

맛내기 멋내기 낯설게 하기 새롭게 하기
배를 만들어 띄울 연장이 없다

어휘에 가뭄이 들고
비유를 찾아 미로를 맴돈다
문법은 난해한 수학
말 가난에 허덕인다

마음을 사로잡는 단비
흠뻑 젖는 글밑천
피어오르는 생각
실타래로 풀어낸다

아들과 비엔나커피

아들 녀석
퇴근길에 데이트 신청한다
동네 비엔나커피 전문점으로 나오라고
꽃단장하고 나갔다
누가 보면 여자 친구인 줄 알겠다며
너스레를 떤다

비엔나커피는 향수鄕愁다
먼 풍경 속으로 녹아 들어가는
가을날의 '가무'와 '커티샥'
뜨거움과 차가움의 향연이 펼쳐진 곳
진한 커피 위에 달콤한 휘핑크림

또 다른 커피와 추억을 만드는 시간
그윽한 시나몬 향이
내 속에 잠자고 있던 그리움 깨운다

오색 블루스

화려함으로 치장하는 것은
서러운 마음 감추기 위함

물 한 모금 나눌 수 없는 것은
살기 위한 몸부림

몸에서 떨어진 고운 잎 바스락 소리는
가을 오케스트라에 음 맞추는 의식

버려야 할 것을 아는 나무
아낌없이 버리는 나무

생의 끝자락에 서서 고뇌하는 것은
붉게 타오르는 삶의 열정

크리스마스 케이크

별들이 땅으로 내려오는 밤
찬바람 속에 스며든 절망 찾아
따뜻한 손 잡고 나간다

외로움에 휘둘리고 지쳐
겹겹이 싸매고 있는 사람
부드러움으로 감싸주고 싶다

힘겨운 삶의 무게에 억눌려
맺히고 서러운 사람
달콤함으로 녹여주고 싶다

하이힐

긴 다리 날렵한 코 자랑하며
또각또각 소리
심장 가까이 온다

바닥과 다리
넘나드는 아슬한 경계
긴장감과 경쾌함
회색 도시에 생기를 넣는다

힘을 뺀 곧은 어깨와 허리
돋보이고 멋스러움
시선을 끈다

봄비 오는 날
아스팔트 위 피아노 건반 되어
쇼팽의 녹턴을 연주하는
격조 있는 발걸음

하이힐,
일렁이는 낭만 찾아 걷는다

제4부

생명의 불꽃

놈놈놈 19

- 영특한 놈, 비상한 놈, 독한 놈

그놈이 왔다
왕관 쓰고 대군을 몰고 왔다
놈을 물리친 것이 얼마 전인데
더 강력한 무기로 무장을 하고 나타났다
변신술도 부린다
사람들 눈에 띄지 않게
숨어 다니는 재주가 비상하다

언제 출몰할지 몰라 입 막고 코 막아
방어 태세를 갖추어야 한다
놈들을 막을 군사가 없으니
집 안에 갇혀 문밖 동태를 살핀다
영특한 놈들은 흔적을 남기지 않아
사람들을 혼돈 속으로 몰아넣는다

눈에 보이지 않는 놈들 때문에
산만 한 덩치들이 떨고 있다
놈은 한 몸 한 몸 점령하여
발열을 일으켜 하얀 시트 위로 보낸다

사람과 사람 사이를 단절시키는 놈은
의심의 눈초리로 서로를 바라보게 만든다
헛기침이라도 하려면 주변을 살피고
눈총을 견뎌야 한다

입속에서 튀어나오려
호시탐탐 노리고 있는 놈을 막기 위해
거리를 두고 경계해야 한다

긴장의 끈을 놓을 수 없으니
세상이 온통 뒤숭숭하다

달팽이 걸음

달팽이 걸음을 걸어도
백 미터 선수가 되어 달려도
앞서거니 뒤서거니 하며
한 지구 안에 갇혀
마지막은 같은 길

뒷모습

문득 뒷모습이 궁금하다
살아온 세월의 흔적이 있는 곳
숨기고 싶은 뒷모습
포장이 된 뒷모습
삶의 파편들 흘려보내지 못해
마구 쌓여 있는 뒷모습

내가 모르는 나의 뒷모습
진심으로 말해줄 사람
곁에 있었으면…

살아갈 세월의 터전이 있는 곳에는
앞모습만 의식하는 삶이 되지 않기를
앉고 서는 곳곳마다 넉넉함이 배어 있기를
고단한 삶일지라도 온기가 있기를

욕심 없이 기도하는 모습이
먼 훗날 나의 뒷모습이 되기를…

도요새

힘들어서
서러워서
외로워서
못 살겠다고 말하지 마라

고단한 생명의 길
까맣게 가슴이 탄 도요새
살기 위해 작은 날개로
수만 리를 쉬지 않고 날아간다

못

못 살겠다
못 믿겠다
못 참겠다
못 하겠다
못 걷겠다
못 견디겠다
못 이루었다
못 마땅하다
못 말린다 못 보겠다 못 미치다…

마음속 구석구석에 박힌 못 빼내어
자국마다 꽃을 심는다

몽돌

수천 년 파도에 맞고
수만 년 바람에 맞고
사람들 발에 볶이다
내리쬐는 강렬한 태양에
검게 그을린 흑진주

부디

만만치 않은 세상살이
이기려고 애쓰기보다 지는 것을 배워
함께 가는 의미 있는 인생이 되기를

넘어지지 않으려 안간힘을 쓰기보다
넘어지는 것을 배워
마디마디마다 새로운 가지가 돋기를

기쁨보다는 슬픔을 배우고
즐거움보다는 근심을 배우고
안락함보다는 고난을 배워
견디며 사는 일에 등 돌리지 않기를

부디

반송불가

인생은 반송불가
반송하고 싶은 말이 얼마나 많은지
가시 돋친 말
깎아내리는 말
비방하는 말
심술궂은 말
얄미운 말
무심한 말
억지스러운 말
자존심 상하게 하는 말

순간의 생각이 모자라서
깨알만 한 지혜가 없어서
교만을 등에 지고 있어서
반송불가 이름표 붙은 말
찰나에 놓친다
생각 없이 한 말로 누군가에게 입힌 상처

반송하고 싶을 때
슬프고 외로운 이기심 반송하고 싶을 때
겉모습으로 판단했던 오만과 편견 반송하고 싶을 때
가슴이 아리도록 후회가 되는 말들
반송할 곳 없어 지울 수 없는 아픔이 된다

반송할 일 없는 말을 위해
억울한 소리 들었을 때 한 호흡 삼키는 것
악한 마음 생길 때 4분 쉼표 마음속에서 그리는 것
화가 끓어오를 때 긴 호흡으로
하늘 한 번 쳐다보는 것
반송불가 이름표 곁에 두고
다듬고 다듬어 잠재운다

생명의 불꽃

가늘어져 가는 숨소리
멀어져 가는 심장 소리
안간힘을 쓰는 눈과 입
모두가 숨죽인다

애처로움으로
꺼져 가는 불꽃 하나

떠나가는 것도
떠나보내는 것도
조금만 슬프기를

먼 훗날
나도 가야 할 길
소망으로 저 높은 곳 바라본다

성찰省察

불평이 일어나
일상 속 기쁨이 사라질 때

익숙한 것에 매여
새로움을 보지 못할 때

예기치 못한 환난으로
삶이 어그러졌을 때

옹졸한 마음으로
섭섭함이 늘어날 때

고집스러운 성미로
남의 말 안 들릴 때

스스로를 옭아매는
인정 욕구에 발목 잡힐 때

허망함 좇아 아둥거리며
여유로움이 사라질 때

깊은 성찰로 나를 쓸어안고
넓은 바다로 헤엄쳐 나갈 수 있기를…

아버지 가시다

아버지가 마지막까지 계시던 요양병원 303호
창가에 해가 찾아와 아버지를 따뜻하게 감싸 안는다
창문 너머 교회의 작은 십자가가 아버지를 위로한다
가끔 들르는 자식은 얼굴 한번 비출 뿐
돌아갈 때는 이깟 것도 제 할 일 다 했다는 듯
고개가 빳빳하다

어느 날은
아버지 침상에 희뿌연 이불만 덮여 있었다
한 평도 안 되는 자리 하나 겨우 차지하고
마지막을 보내는 삶인데
아버지가 안 계시다는 나의 말에
간병인이 와서 이불을 젖힌다

그 속에는 해풍에 말라가는 가자미 같은 아버지가
눈만 껌벅이고 계셨다
바람 앞에 촛불도 이보다는 나을 터
죽음이 지척인 아버지의 모습에는
물기라고는 찾아볼 수가 없다
자식을 알아보는 것을 다행이라 해야 하나

아버지는 먼저 가신 엄마 베개를
보물처럼 안고 계셨다
퀴퀴한 냄새뿐인데 엄마 냄새가 난다고 했다
병원과 요양병원을 옮겨 다니며 잃어버린 베개
애잔한 것은 그 베개를
기억 속에서 잃어버린 지금이다

불면증으로 오랜 세월 약을 드셨는데
이것도 다 잊어버려 약 없이도 잘 주무신다고
밥보다 커피를 더 좋아하시던 것도 잊으셨다

그러면서도
당신이 평생 사셨던 집에 대한 그리움으로
가득 찼던 아버지
아버지는 2021년 5월
봄꽃 하나 눈에 담지 못하고
그리운 엄마 곁으로 가셨다

잡초

밟힐까 뽑힐까
두려움 견디며
주어진 척박함 속에
죽고 사는 것
오직,
신의 섭리만을 따르는
이름 없는 풀꽃

어머니와 용각산

쓱 쓱 쓱! 이 소리가 아닙니다
싸악 싸악 싸악! 이 소리도 아닙니다
용각산은 소리가 나지 않습니다

연로하신 어머니 쿨럭쿨럭 하신다
곱게 늙었다 죽으면 좋으련만
허공에 대고 푸념이시다
안쓰러운 마음에 생각난 것이 용각산이다
약을 싫어하는 분이니
스스로는 드시지 않을 것이 분명하다
하루 세 번 먹는 것을 한 번으로 약속 받았다
이것도 내 잔소리가 있어야 했다
한 주 두 주 점점 꾀가 나시는 어머니
하루 거르고 이틀 거르는 눈치다

약을 먹어도 아무 효험 없다고 입바른 소리 하시고
병원 가자고 하면 늙어서 그런 것을
뭘 병원엘 가느냐고 한마디 하시고
그렇지만 어디 그런가
자식 입장에서는 보고만 있을 수 없는 노릇인 것을
끝내는 가루라서 먹기 힘들다고 어리광이시다

내가 본격적으로 나설 수밖에
매일 저녁 용각산 통에서 스푼을 꺼내
어머니 손에 쥐어드린다
"한 스푼 입에 넣으세요"
"얼른 물을 마시세요"
잘못 입에 털어 넣기라도 하면
가루약이 입안에서 난리가 난다
이 때문에 켁켁거리신다

어머니의 기억 주머니에는
90 평생의 희로애락이 자리하고 있어
더 이상 기억이 들어갈 곳이 없나보다
그래서 매번 말한다
고개 들지 마시고 입 앞쪽에 살짝 넣으시라고

어머니는 콩알만 한 스푼에
어떡하면 조금이라도 적게 뜨려 하고
나는 어떡하면 한 스푼 가득 뜨게 할까 신경전이다
어머니는 잊지 않고 여전히 한 소리 하신다
약 먹어도 소용이 없다고
그래도 안 드시는 것보다 낫겠지 싶어
못 들은 척한다

퇴행성退行性

퇴행성이라 주눅 들지 마라

가슴속 물기운 퍼 올릴
마중물 한 바가지 있는 한

후회를 잠재울 한 조각
꿈의 불씨 있는 한

연륜의 무게로 젊은이들 세상
버팀목이 될 수 있는 한

세월에 순응하는 그깟 몸쯤이야

친구에게

친구야, 언젠가 내게 물었지. 그 오랜 세월 시집살이를 어떻게 했냐고.

그러면서 너는 시집살이를 한마디로 말해보라고 했지. 나는 잠시 생각하다 '인내'라고 했어. 인내 하나 가지고는 어림도 없지만 그래도 인내가 중요한 것 같아. 특히 어른들은 순종을 좋아하지. 내 생각을 말하면 말대답한다고 몹시 싫어하거든. 그러다 보니 내 속에서 뭔가 꿈틀거리는 것이 있어도 누를 수밖에.

친구야, 시집살이는 무언가에 묶여 있는 것 같을 때가 많아. 누가 매어 놓은 것도 아닌데 말이야. 이렇게 느껴지는 것은 시집살이를 해본 사람만이 알 수 있을 거야.

가끔 이런 사람이 있어. 복 받을 거라고, 장수할 거라고, 자식이 잘될 거라고. 수긍하기 참 어려운 말이야. 그냥 '애쓴다' 한마디면 될 것을.

나는 파란 하늘을 좋아하고, 핑크빛 코스모스를 좋아해. 그런데 내 색을 다 드러낼 수 없는 것이 시집살이야. 아니면 부딪치게 되거든. 상황에 따라 적당히 빨간색도 됐다 노란색도 됐다 해야 돼.

그리고 종지 같은 사람, 대접 같은 사람, 곰솥 같은 사람으로 변모하는 기술도 필요해. 이런 것은 살다 보면 저절로 익혀지는 기술이야. 그래야 두루두루 편안하게 살거든.

시집살이, 두 번 다시는 못 할 것 같아. 꼭 뭐라고 해서가 아니라 누군가의 식성 생각 성향 등에 맞추며 산다는 것은 여간 어려운 일이 아니거든. 바깥 날씨에 맞춰 옷을 입듯이 시집살이하는 사람은 시어른 얼굴 날씨를 살펴야 해. 그래서 말소리 숨소리를 조정해야 하거든.

친구야, '시간밥'이라는 말은 들어 봤지? 이게 정말 사람 잡는 일이거든. 외출했다가도 저녁 시간이 되면 부리나케 뛰어 들어와야 해. 어렵게 밥상을 차려놓아도 마음이 놓이지가 않아. 맛있다고 잘 드시면 다행인데, 입에 맞는 것이 없다고 하면 다리에 힘이 쭉 빠져나가는 것 같아.

그래서 때로는 미움으로 밥을 짓고, 원망으로 반찬을 만들기도 해. 설거지도 미뤄두고 싶어도 눈치가 보여. 이러다 꼬인 마음으로 잠들곤 하지. 이럴 때는 짓지 않아도 될 죄를 짓는 것 같아 무지 속상해.

시어른이 90이 넘고 내가 60이 넘어서야 조금 편안해졌어. 아마 서로 짠한 마음이 들어서인 것 같아. 측은지심 연민 애틋함 이런 거 말이야. 별거 아닌 것 같은데 흰머리가 반은 차지하고서야 생기다니.

딸이라면 아무 문제 되지 않을 일이 며느리에게는 문제가 되고, 친정엄마라면 웃어넘길 일도 시어머니에게는 섭섭한 마음이 드니, 고부간에는 알 수 없는 이상한 기류가 흐르는 것 같아.

수십 년을 동고동락했는데도 이것밖에 안 되니, 사람이 좀 변변치 못하지.

친구야,

시집살이를 까마득하게 생각하다

세월만 보낸 것 같아.

나의 시간이 허락된다면,

봄에는 봄처럼

여름에는 여름처럼

가을에는 가을처럼

겨울에는 겨울처럼 살고 싶어.

좀 더 기다리면 이런 날이 올까?

태풍

주체할 수 없는 힘
숲을 파도치게 하는 바람
닿는 곳마다 폐허다

부릅뜬 눈
목이 쉬도록 지르는 괴성
다스리지 못하는 울분
단단히 화가 났다

분노로 태어난 신세
통곡으로 몸부림치다
꽃들의 눈물을 본다

힘겹게 누그러지는 기세
보듬어 달래는 老木
구름에 안겨 돌아간다

할미꽃

무덤가에 다소곳이 핀 할미꽃
가녀린 몸이
우리 엄마 닮았다

꼬부라진 모습으로
삶의 무거운 짐 등에 지고
새벽부터 종종걸음 치는
일평생 순응하는 삶

햇볕 쏟아지는 날
별들 소곤거리는 밤
한 번쯤 호사를 누려도 되건만
하늘 한 번 쳐다보지 못한 채
끝내 땅속으로 잠들어 간다

제5부

그리스도인의 멋

그리스도인의 멋

멋을 부리고 싶다

부활의 십자가 앞에서
겸손히 무릎 꿇어
기도하는 멋을

힘겨운 고난 중에도
감사와 기쁨으로 부르는
찬양하는 멋을

성령의 감동을 받아
삶으로 드리는
참 예배자의 멋을

사랑이신 하나님을
온유하신 예수님을
닮아 가는 멋을

발길이 머무는 곳마다
손길이 닿는 곳마다
섬김의 멋을

나는 그리스도인의 멋을 부리고 싶다

나오미의 노래

- 성경책 룻기의 이야기

기근이 덮쳐 오는 암울한 터전
그분의 숨겨진 섭리 몰라
떠나왔던 지난날
이제 빈손과 늙은 몸으로
절망하여 다시 돌아가네

내 영혼에 찾아온 깊은 어두움
나그넷길의 참담한 심정
그분의 때를 알지 못해
괴로움으로 뒤엉킨 세월이었네

가진 것 다 잃은 후에 들려오는 음성
풍족한 양식으로 준비하고 계시는
한량없으신 아버지의 은총
자기 백성을 돌보셨네

내 인생의 처음과 끝을 아시는 분
내 영혼을 감찰하시는 분
내 생명의 회복자 그분을 만났네

마침내,
예비하신 안식처로 온전히 들어가네

두려움 앞에서

우는 자의 위로가 되시는 주님
이 마음 붙잡아주소서
실망과 좌절이 몰려올 때
당신의 품에서 벗어날까 두렵습니다

반석 위에 발을 세우시는 주님
내 발걸음 인도하소서
환난 날에 견디지 못하고
당신의 그늘에서 멀어질까 두렵습니다

나의 방패가 되어주시는 주님
믿음을 산같이 굳게 하소서
험한 산과 골짜기 지날 때
당신의 집에 거하지 못할까 두렵습니다

애통하는 자

굽은 길로 치우쳐 방황하다
먼 길 돌아와 무릎 꿇을 때

세상이 주는 기쁨에 젖어 살다
허탄한 심령 되어 눈물 흘릴 때

주의 음성에 귀 기울이지 않고
교만으로 세운 마음 무너질 때

심령이 가난한 자 되어
옷을 찢는 애통이 있게 하소서

십자수十字水 기도원

십자수에 울려 퍼지는 기도의 함성
저마다 간구하는 간절한 기도
말 못 할 애끓는 심정에
세미한 음성으로 오시는 하나님

숨이 차고 가파른 세상살이
천인이, 만인이 엎드러진다 해도
화가 미치지 않게 보호하시는
밑가지 되어주시는 하나님

상처뿐인 마음과 눌린 영혼 안고
'언제나 주님 뵈올꼬' 탄식하다
아무것도 하지 못할 때
홀로 기이한 일을 행하시는 하나님

주님도 눈물 흘리시며
자녀들의 아픔 자녀들의 무거운 짐
안으시고 맡으시며
여전히 여기에 계시는 하나님

이 산을 내려가 삶의 터전마다
문빗장을 견고하게 하시며
주의 말씀 위에 내 발걸음이
빛을 드러내는 등불 되게 하소서

영적 無증상자

코로나19로 인해 집안에 갇혀
홀로 신앙생활을 했습니다
정말 힘든 시간이었습니다
알고 보니 코로나19에만
無증상자가 있었던 것이 아니었습니다
나에게는 영적 無증상이 있었습니다

수십 년 믿음 생활을 했는데 이게 웬일입니까
기도 생활이 늘어지고
말씀을 듣고 보는 것에 나태해지고
점점 조여 오는 무력감으로 두려움마저 듭니다
신앙생활은 예배당에서 하는 것이 아니라
삶의 터전에서 거룩한 향기를 내야 하는 것인데
지금까지는 신앙생활을
예배당 안에서만 했나 봅니다
수없이 들었던 말씀은 다 어디로 가고
힘겨운 마음뿐입니다

평안할 때 자각하지 못했던 것들
영적으로 연약했던 것들
안일함으로 눈 감아 버렸던 것들에
약간의 위협이 가해지니
영적 無증상자로 드러난 것입니다

이제 회복의 길로 들어서려 합니다
손이 아니라 죄를 씻어야 하고
열 체크가 아니라 세상의 흔적을 체크해야 하고
마스크가 아니라 말씀으로 악한 것을 차단하고
성령으로 방역해야 함을

나는 영적 無증상자였음을 고백합니다

예배

거룩하신 주님
당신을 예배하도록 우리를
창조하시고 부르셨습니다
성령으로 나의 죄를 참회하게 하시고
기쁨과 감사의 마음으로 드리는 예배
주님의 임재를 경험하는 예배
순결한 마음으로 드리는
예배 되게 하소서

거룩하신 주님
뜨거운 사랑으로 드리는 예배 되어
하나님과의 친밀감이 배가 되게 하소서
예배에 내 생각이 들어가 듣고 싶은 것만 듣는
영적 교만이 싹트지 않게 하시고
경건한 두려움과 경외심으로 드리는
예배 되게 하소서

거룩하신 주님
때로는 진정성 없이 형식만 갖춘
바리새인과 같은 모습이 있사오니 용서하여주시고
참된 예배 속으로 온전히 들어가
하나님의 품에 안기는 은혜가 있게 하소서
혹시라도 모든 것 중에 가장 위대한 예배를
가벼이 여길 때 긍휼하심으로 깨우쳐주소서

거룩하신 주님
모든 예배가 단 한 번뿐인 예배로
살아 숨 쉬는 예배 되어
하나님의 이름을 높이게 하소서
내가 거하는 모든 곳에서 하나님의 향기를 드러내
삶으로 드리는 예배자 되게 하소서

그리고 아무리 힘겨운 삶일지라도
예배를 방해하는 것들과 타협하지 않게 하시고
성령님을 근심하게 하는 세상 버릇을
끊을 수 있는 믿음의 결단을 주소서

오직 예배가 단비 되어
척박한 심령이
소생케 되는 역사가 있게 하소서

인생길

인생길에 놓인 크고 작은 돌들
걸림돌이 아니라
다시 일어설 수 있는
디딤돌이 되게 하신다

고난과 역경 뒤에는
더 멀리 보게 하시고
마음으로 보게 하시며
외면했던 것들을 보게 하신다

모가 난 마음이
모가 난 생각이
다듬어지는 아픔 뒤에는
따뜻한 가슴이 되게 하신다

울게 하소서

울게 하소서
하나님의 나라를 위하여
하나님을 대적하는 세상을 위하여
올무에 걸려 죽어 가는 영혼을 위하여

이 민족을 향하여
장대를 세우는 하만과 같은 무리 앞에
강하고 담대함으로 서게 하시고
무릎 꿇고 두 손 들어 부르짖게 하소서

모르드개와 같이 민족의 구원을 위하여
베옷 입게 하시어
진정한 하나님 나라를 위한
나의 모습이 되게 하소서

수산궁의 화려함을 뒤로하고
'죽으면 죽으리이다' 나가는 에스더여!
민족의 아픔을 위하여 금식하며
'죽으면 죽으리이다' 나가는 에스더여!
그대의 아름다움을
하나님 나라에 쓰임 받게 하는 에스더여!

나에게 있는 이 시간이 이때를 위함이 아닌지
나에게 있는 이 물질이 이때를 위함이 아닌지
나에게 있는 이 생명이 이때를 위함이 아닌지
당신의 나라와 백성을 회복시키시는 주님
부림의 날이 오게 하소서
그리고
그날을 위하여 울게 하소서

주님의 사랑으로

인생의 어두운 밤에 찾아오시는 주님은
아픔을 견디는 모습을
끝까지 지키시며 사랑하신다

죄의 길에서 눈물로 만난 주님은
책망보다는 기다림으로
변함없이 사랑하신다

졸지도 아니하시는 주님은
기가 막힌 웅덩이에서도
사랑으로 숨 쉬게 하신다

침묵 속에 동행하시는 주님

주신 사명 감당하는 길에서
마음 지쳐 주저앉고 싶을 때
뒤돌아보면 또 하나의 발자국

아무것도 할 수 없는 어두운 밤
넘어져 일어서지 못할 때
기이한 빛을 비추시는 그분

침묵 속에 동행하시는 주님
나를 붙드시네
나의 길을 인도하시네

하늘의 언어

주님
이 땅의 슬픈 자들을 보시옵소서
입이 둔하여 그저 바라만 볼 뿐
하염없이 흐르는 눈물 속에
가슴 무너져 내리는 소리
어떠한 말로 위로하오리까

기도하옵기는
하늘의 언어를 내려주사
저들의 아픔을 어루만져주옵소서
눈물은 거둬 가시고
주님의 위로가 앉고 서는 자리마다
가득하게 하옵소서

빈 가슴은 하늘의 소망으로 채워주시고
날마다 주를 사모하는 영혼 되어
주 날개 아래서 평온하게 하시옵소서

성실과 사랑의 보랏빛 시 산책
- 원은미 시집 『보랏빛 라벤더 모자를 쓰다』에 부쳐

朴水鎭(시인)

1. 들어가는 말

여기, 보랏빛을 좋아하는 시인이 있다. 보랏빛을 좋아한다는 것은 그 빛깔에 물들어 닮아 있다는 뜻이기도 하다. 보라는 성실과 사랑을 상징하며, 극단에 치우치지 않고, 융합과 조화를 뜻하는 고품격의 단아한 색이다. 그런 의미에서 '보랏빛 라벤더 모자를 쓰다'라는 시집의 표제가 예사롭지 않다.

원은미 시인은 한마디로 보랏빛 시인이다. 피천득 선생의 「수

필」에서 따오자면 시인은 서른여섯 중년 고개를 훌쩍 넘어선 '몸맵시 날렵한 여인'이며, 덕수궁 박물관에 있는 이파리 하나가 살짝 꼬부라진 '청자연적'에 가깝다. 이 말에 답하기라도 하듯 원은미 시인은 시를 쓰기 전 이미 수필로 등단한 수필가이다. 그래서인지 그의 수필은 시적이며, 시 또한 수필처럼 매우 개성적이고 한 편 한 편마다 따뜻한 스토리를 담고 있다. 프랑스의 시인이자 수필가요 평론가였던 폴 발레리는 '수필은 산책이요, 시는 무도舞蹈이다'라고 했다.

이제 원은미 시인이 펼쳐놓은 시들을 만나러 무용수 같은 발걸음으로 산책을 떠나 본다.

2. 비유의 눈으로 일상에서 건져 올리는 보석들

시는 어디에 있는가? 행복을 찾아 헤매는 사람은 행복을 찾을 수 없듯이 시 또한 그렇다. 허영자 시인이 「행복」이란 시에서 '눈이랑 손이랑 깨끗이 씻고 / 자알 찾아보면 있을 거야'라고 말하며 구체적으로는 '아이들이 보물찾기 놀일 할 때 / 보물을 감춰두는 / 나무 구멍 같은 데에 / 바위 틈새 같은 데에' 행복이 아기자기 숨겨져 있다고 가르쳐준 것처럼 감동적인 시의 소재 또한 우리 주변에 널려 있다. 다만 우리가 일상의 소중함을 알지 못하고 관찰력이 부족해서 그 보물들을 놓치고 살 뿐이다.

원은미 시인은 힘든 김장이나 설거지를 하면서도, 혼밥을 하면서도 시를 생각한다. 시를 생각한다는 말은 삶 속에서 소소한 것들의 가치를 알고 비유의 밝은 눈을 가졌다는 뜻이다.

> 설거지와 전투를 벌인 숱한 세월
> 전의가 바닥났다
> 떨어진 사기 잦은 패배
> 탈영을 꿈꾼다
>
> 끊임없이 침투하는 적들
> 매몰차게 물리치지 않으면
> 대군이 몰려온다
>
> 뼈다귀 실은 함대
> 싱크대 점령하는 날
> 백기를 들고 싶다

무력해진 전력

휴전을 선포하며

달달한 커피 한잔으로

전력을 정비한다

휴전 상태에도 험상궂은 적들

하얀 포말로 온몸 덮어씌우고

물줄기로 폭격해 승리한다

—「설거지 전법」 전문

시인은 한 가정에서 며느리요 아내요 엄마로서 건강한 가정을 꾸리며 살아가는 주부이다. 그러나 원은미 시인은 가정사에 묻혀 사는 모범 주부에 그치는 것을 단호히 거절한다. 명절이라도 보낼 때면 주부들에게 '설거지'는 전투에 가까운 노역이 된다. 이때 시인은 불평을 넘어 실제 전투를 떠올리며 '전의', '탈영', '침투', '함대', '전력', '휴전', '폭격', '승리' 등 철저히 군대 용어를 동원해 그야말로 작전을 수행해 낸다. 흔한 일상이 새로운 옷을 입고 우리 앞에 나타나는 것은 바로 비유의 힘이다.

'시가 한 척의 배라면 비유는 부력浮力이다'라는 말이 아주 잘 어울리는 시이다. 부력이 없다면 배는 아무런 쓸모가 없다. 그런 까닭에 비유는 운율과 함께 시의 본질을 이루는 요소이다. 언어의 경제성 추구와 함께 상상의 확장을 가져오는 비유를 일컬어 호모 로쿠엔스로서의 인간이 가지는 최상의 사치품이라는 말도 기억해 둘 필요가 있다.

'밥은 하늘입니다'
하늘이 바닥을 드러낼 즈음
포만감으로 위로를 받으며
어깨를 편다

—「혼밥」 중에서

시 「혼밥」에서도 시인은 인용과 비유를 적절히 조화시켜 한 편의 시를 직조해내는 놀라운 솜씨를 보인다.

통념의 그늘에서 벗어나
색깔로 말하는 그녀
색깔의 불협화음

빼뚜름하지만 눈에 거슬리지 않게
멋을 부린 품격

희미하게 살았던 지난 세월
덤덤했던 예사로움 벗고
나 오늘,
회오리바람 같은 정열로
보랏빛 라벤더 모자를 쓴다

—「보랏빛 라벤더 모자를 쓰다」 전문

'앙리 마티스의 모자를 쓴 여인'이라는 부제가 붙은 작품으로, 이 시집의 표제가 된 시이다. 한마디로 문학으로 그림을 감상하며 자신의 이야기로 재탄생시킨 작품이다. 짧은 시 한 편에 시인 자신이 추구하는 바를 오롯이 담아내고 있다. 표현 방식이 다르지만 사람들은 저마다의 멋을 내고 싶어 한다. 멋은 개성이고 새로움이며 어울림을 내포하는 말로, 가장 적합한 정의가 있다면 '빼뚜름하지만 눈에 거슬리지 않게' 드러내는 자기만의 아름다움일 것이다. 그것이 내면의 향기로까지 이어진다면 더 이상의 멋이 어디 있겠는가. 그래서 시인은 '덤덤했던 예사로움 벗고 / 나 오늘, / 회오리바람 같은 정열로 / 보랏빛 라벤더 모자를 쓴다'라고 노래한다. 선명한 이미지로 내면을 그려낸 아름다운 시여서 오래 가슴에 담아두고 싶은 작품이다.

3. 시를 찾아가는 즐거운 여행

3부에 펼쳐놓은 시편들은 부의 제목 그대로 '시를 찾아가는 여행'이다. 시인은 끊임없이 시를 찾아가는 시 세계의 여행자이다. 그러나 무작정 길을 나섰다가는 미아가 되기 쉽다. 글쓰기에도 규범이 있고 길잡이가 있다. 시인은 평소 삶의 자세가 그렇듯 규범과 길잡이의 가르침을 의심 없이 따르는 모범생 스타일이다. 그 증거 중 하나가 시 「부사副詞의 말」이다.

'지옥으로 가는 길은 부사로 덮여 있다'라는 말은 서양의 문장 규범에도 나오는 금언이다. 매우, 천천히, 빨리, 무럭무럭 등과 같은 꾸밈말인 부사는 양철과 같아 금방은 번쩍번쩍 빛나보이지만 그만큼 녹슬기도 쉬워 흉해진다는 뜻이다. 누구나 겉모습 꾸미기를 좋아하는 것처럼 글쓰기에 있어서도 작가는 문장마다 부사의 유혹을 숱하게 받는다. 그러나 그 유혹을 물리치고 힘 있는 동사를 잘 사용해야 좋은 글이 된다는 가르침이다. 그것을 누구보다 잘 아는 시인은 어느새 한발 더 나아가 부사 자체가 되어 자신을 돌아보고 있다. 놀라운 발상의 전환이다.

기대야 산다
허접한 막대기라도

홀로 서지 못하는 나
기댈 곳 찾아 떠돈다

내가 무성하면
사족이라 핀잔 듣고
군더더기라 쫓겨나고
한 자리 차지할 힘이 없다

내 존재가
부풀리는 누룩이 될까
생명력 가리는 풀숲이 될까

조심스러운 발걸음이다

—「부사副詞의 말」 전문

글을 써 놓고 다듬기를 할 때면 부사는 흔히 '사족이라 핀잔 듣고 / 군더더기라 쫓겨나고 / 한 자리 차지할 힘이 없다'며 쫓겨나기 일쑤다. 시를 쓰면서 시인은 감정이입과 비유의 묘미를 생각하되 부사 사용을 조심하라는 문장 규범을 마음속에 각인한다. 그러면서 시인은 스스로에게 묻는다. 때로 용언을 분명하고 맛깔나게 꾸며주는 부사인 '내 존재가 / 부풀리는 누룩이 될까 / 생명력 가리는 풀숲이 될까 / 조심스러운 발걸음이다'라고. 이런 조심성 있는 자세라면 시인은 분명히 부사의 남발을 자제하되, 적절한 곳에 꼭 필요한 양념으로 사용해 더 맛깔스러운 시를 빚어내리라는 믿음을 가지게 한다.

연장통을 들여다본다
매우 너무 자주 반드시 아주 항상 더 대단히
그러나 그리고 그러므로 그런데 그렇지만
'지옥으로 가는 길이다'

맛내기 멋내기 낯설게 하기 새롭게 하기
배를 만들어 띄울 연장이 없다

어휘에 가뭄이 들고
비유를 찾아 미로를 맴돈다
문법은 난해한 수학
말 가난에 허덕인다

마음을 사로잡는 단비
흠뻑 젖는 글밑천
피어오르는 생각
실타래로 풀어낸다

—「시인의 연장통」 전문

시 「시인의 연장통」 또한 시 쓰기 공부의 연장선에서 탄생된 작품인데 특히 글을 쓰는 사람들에게 공감이 가는 시이다. 시인을 가리켜 흔히 언어의 연금술사라 한다. 듣기에는 더없이 좋은 말이지만 시인들은 쉽게 동의하지 않는다. 남들에게는 말부자요 언어의 마술사로 보일지 모르지만 아이러니하게도 말의 가난을 수시로 또 가장 많이 느끼며 사는 존재가 시인이기 때문이다.

연장통 이야기는 미국의 작가 스티븐 킹의 『유혹하는 글쓰기』에 나오는 말이다. 그가 강조하는 글쓰기의 연장통 가장 높은 곳에는 어휘가 들어 있어야 하고, 그 아래 칸에는 문법이나 어법이, 다음으로는 문체나 문단에 관한 인식이 들어 있어야 한다는 것이다. 목수든 농부든 기능공이든 누구라도 연장통을 잘 관리하지 못하는 사람은 그 분야의 장인이 될 수 없다. 그래서 시인은, '어휘에 가뭄이 들고 / 비유를 찾아 미로를 맴돈다 / 문법은 난해한 수학 / 말 가난에 허덕인다'라고 탄식한다. 그러나 곰곰 생각해 보면 이것은 탄식이 아니라 희망이고 가능성이다. 말의 가난을 인식하는 순간 시인은 빈 연장통을 채우기 위해 독서나 사색의 길로 나설 것이기 때문이다. 그래서 우리는 예상대로 곧 '흠뻑 젖는 글밑천 / 피어오르는 생각 / 실타래로 풀어낸다'라는 안도의 표현을 만나게 된다.

4부에서 만나는 시 「반송불가」도 라벤더 향기 짙은 시의 꽃밭을 산책하는 이의 발길을 붙잡는다.

> 생각 없이 한 말로 누군가에게 입힌 상처
> 반송하고 싶을 때

슬프고 외로운 이기심 반송하고 싶을 때
겉모습으로 판단했던 오만과 편견 반송하고 싶을 때
가슴이 아리도록 후회가 되는 말들
반송할 곳 없어 지울 수 없는 아픔이 된다

반송할 일 없는 말을 위해
억울한 소리 들었을 때 한 호흡 삼키는 것
악한 마음 생길 때 4분 쉼표 마음속에서 그리는 것
화가 끓어오를 때 긴 호흡으로
하늘 한 번 쳐다보는 것
반송불가 이름표 곁에 두고
다듬고 다듬어 잠재운다

—「반송불가」 중에서

코로나19 시대를 거치며 택배 주문 시대는 일상이 되었다. 눈으로만 보고 구매한 상품이 마음에 들지 않거나 광고 내용과 다를 때 되돌려 보내는 것이 반송이다. 그러나 반송이 허용된다 해도 여간 번거로운 일이 아니다. 그런데 우리 생활 속에는 절대 반송이 불가한 것이 있다. '겉모습으로 판단했던 오만과 편견'이나 '가슴이 아리도록 후회가 되는 말들'이 대표적이다. 이것은 시인이 찾아낸 마음 챙김이나 인간관계 유지의 중요한 요소이다.

'글은 곧 그 사람이다'라는 말은 수필은 물론 시에서도 다르지 않다. 시인을 모르는 사람이라도 '반송불가 이름표 곁에 두고 / 다듬고 다듬어 잠재운다'라고 하는 이 시를 읽노라면 시인의 내면 모습이 선연히 떠오를 것이다.

만만치 않은 세상살이
이기려고 애쓰기보다 지는 것을 배워
함께 가는 의미 있는 인생이 되기를

넘어지지 않으려 안간힘을 쓰기보다
넘어지는 것을 배워
마디마디마다 새로운 가지가 돋기를

기쁨보다는 슬픔을 배우고
즐거움보다는 근심을 배우고
안락함보다는 고난을 배워
견디며 사는 일에 등 돌리지 않기를

부디

—「부디」 전문

앞에서 시인이 글쓰기를 할 때 사용을 조심하려고 애쓴 그 부사를 제목으로 붙인 시 「부디」에서도 성숙을 위해 살아가는 모습과 다짐이 진실하게 잘 드러나 있다. 이기는 것보다는 지는 것을 배우고, 땅에서 넘어진 자 다시 땅을 짚고 일어서야 한다는 인생의 지혜를 노래한다. 그야말로 '서른여섯' 중년 고개, 백세 시대 나이로 치면 쉰 정도는 넘어 살며 깨달음을 가져야 나올 법한 언술이다. 그리하여 '기쁨보다는 슬픔을 배우고 / 즐거움보다는 근심을 배우고 / 안락함보다는 고난을 배워 / 견디며 사는 일에 등 돌리지 않기를' 소망한다. '부디'라는 제목의 부사를 독립 끝 행에 한 번 더 씀으로써 마음 다짐을 단단히 하고 있다.

4. 믿음의 고백과 기도의 시

시집 5부는 신앙인으로서의 자세와 기도의 시편들로 채워져 있다. 지난 시절 열두 가지 크레파스로 색칠하며 그림을 그리던 세대 사람들 중에는 이 시집의 표제에 나오는 보라색과 자주색을 혼동하는 이들이 많다. 그 이유는 두 색깔이 모두 파랑과 빨강의 혼합색으로서 같은 계열의 색이기 때문이다. 그래서 필자 또한 보랏빛 라벤더 모자를 쓴 믿음 깊은 시인을 생각하며 자주색 난초에 얽힌 감동적인 신앙의 이야기를 떠올렸는지 모른다. 어느 블로그에서 읽은 주님을 만난 소년 토마스 이야기이다.

> 어느 뜨거운 여름날 작은 마을에 살던 소년 토마스는 산책을 하던 중 향기와 함께 마음을 사로잡는 아름다운 자주색 난초를 발견합니다. 그 순간, 토마스는 예수님과의 만남을 기대하며 꽃 가까이 다가가게 되었습니다. 그 순간 예수님은 토마스를 위로해주기 위해 자주색으로 빛나는 옷을 입고 나타나셨습니다. 예수님은 자주색의 상징성을 가지고 있었고, 그 존재는 사람들의 마음에 평화와 희망을 안겨주었습니다.

"자주색은 모든 색상의 조합과 협력으로 만들어진 것인데, 마찬가지로 너희들도 서로의 차이와 다양성을 인정하며 사랑과 협력하는 모습을 보여주길 바라지." 토마스는 예수님의 말씀을 몸소 느끼고, 자주색의 아름다움과 의미에 대해 더 깊은 이해를 얻을 수 있게 되었습니다. 그리고 예수님과 함께 자주색의 사랑과 지혜를 세상에 빛나게 전할 것을 다짐하며 마을로 돌아왔습니다. 토마스는 예수님과의 만남을 나누며, 온 마을 사람들에게 자주색을 지닌 예수님의 사랑과 지혜를 설명했습니다.

이야기는 마을 사람들에게 큰 영감과 용기를 주었고, 자주색의 아름다움과 예수님의 가르침을 받아들이며 변화하려는 이들이 생겨나게 되었습니다. 마을은 자주색의 사랑스럽고 평화로운 분위기로 가득 차게 되었고, 토마스는 예수님의 사랑이 자주색처럼 사람들의 마음을 아름답게 물들이는 것을 지켜보며 항상 예수님과 함께하자는 강한 소망을 안고 살아갔습니다.

아래 시를 읽어보면 보랏빛 시인 또한 예수님을 만난 소년 토마스처럼 얼마나 간절히 주님을 마음속에 품고 살아가는지, 그리스도인으로서 얼마나 긍지와 자부심을 지니고 살아가는지를 짐작할 수 있다.

멋을 부리고 싶다

부활의 십자가 앞에서
겸손히 무릎 꿇어
기도하는 멋을

힘겨운 고난 중에도
감사와 기쁨으로 부르는
찬양하는 멋을

성령의 감동을 받아
삶으로 드리는
참 예배자의 멋을

사랑이신 하나님을
온유하신 예수님을
닮아 가는 멋을

발길이 머무는 곳마다
손길이 닿는 곳마다
섬김의 멋을

나는 그리스도인의 멋을 부리고 싶다

—「그리스도인의 멋」 전문

원은미 시인은 멋을 알고 멋을 부릴 줄 아는, 진정한 멋쟁이임이 분명하다. 앞에서 말한 것처럼 멋을 정의한 말 중 가장 매력적이고 적확한 표현은 '삐뚜름하지만 눈에 거슬리지 않는 것'이란 말인데, 굳이 흠을 잡는다면 시인은 너무 반듯해 삐뚜름함이 없다는 점일 것이다. 그러나 신앙인으로서 기도하고 찬양하며 성령의 감동을 받아 예배드리며 예수님을 닮아 가려는 섬김의 멋보다 더 값지고 아름다운 멋은 없으리라 본다. 그것이 바로 '그리스도인의 멋'이다.

인생길에 놓인 크고 작은 돌들
걸림돌이 아니라
다시 일어설 수 있는

디딤돌이 되게 하신다

고난과 역경 뒤에는
더 멀리 보게 하시고
마음으로 보게 하시며
외면했던 것들을 보게 하신다

모가 난 마음이
모가 난 생각이
다듬어지는 아픔 뒤에는
따뜻한 가슴이 되게 하신다

—「인생길」 전문

주님의 은혜는 시 「인생길」에도 한 줄 한 행 더하고 뺄 것도 없이 진솔한 고백으로 그려지고 있다. 그러나 종교인의 신앙고백으로 읽히기보다는 미적 감동으로 공감을 불러오는 것은 문학의 본질을 알고 시라는 그릇에 종교적 이념을 잘 담아내고 있기 때문이다.

5. 나가는 말

원은미 시인의 시집에 실린 다양한 시편들을 읽으며 세상에 시가 필요한 이유를 다시 생각하며 시의 희망을 보았다. 특히 첫 페이지를 펼치며 만난 「서시」에서 '나는, / 마지막 길을 가는 것이 아니라 / 새로운 길을 가는 것이다'라는 구절에서 전율을 느꼈다. 첫 시집을 내는 시인이 이렇게 당당하고 옹골찬 시로 독자를 맞이하는 것을 일찍이 보지 못했기 때문이다. 그것은 또한 더 좋은 시를 써 내겠다는 선언으로도 보여 믿음이 간다. 거기에 더해 용기 있는 시인의 고백 또한 그 믿음을 더욱 단단하게 해주는 데 조금도 모자람이 없다. 이 해설에 시집 첫머리 「서시」를 아껴두었던 이유이기도 하다.

> 허물 많은 나는,
> 본의 아니게 그대들을 속인 것이 있다
> 내가 아주 많이 웃었을 때는 그 웃음만큼
> 울고 있었던 때였음을 이제야 고백한다
> 때로는 나의 약점을 감추려
> 과장되게 포장하고 치장했던 것 또한
> 부질없었음을 깨닫는 데

많은 시간이 걸렸음을 털어놓는다

—「서시」 중에서

우리 시단의 원로이신 함동선 시인은 "시란 가슴에서 머리로 가는 여행이다"라고 했다. 이는 "사랑이 머리에서 가슴으로 내려오는 데 70년이 걸렸다"라고 고백한 김수환 추기경의 말씀과 대구를 이루는 듯한, 빛나는 시 창작 과정의 정의이다. 이 두 가지 삶의 여정을 실천하며 성숙해 가는 원은미 시인의 첫 시집 『보랏빛 라벤더 모자를 쓰다』 출간을 진심으로 축하드린다. 아울러 이 시집이 새로운 길로 나아가는 이정표가 되기를 바라고 기대하며 앞날을 응원한다.